The Motherland

어머니나라

Translators 옮긴이

Joon Jo is a Korean poet, writer and photographer living in Seoul. He studied in Journalism & Communication at Sogang University. He published 11 books, including 2 poetry and held 4 photography exhibitions.

조병준은 시인, 작가, 사진가로서 서울에 살고 있다. 서강대 신문방송학과에서 저널리즘과 커뮤니케이션을 공부했다. 지금까지 시집 두 권을 비롯해 열한 권의 책을 냈으며 네 번에 걸쳐 사진전을 열었다.

Bum Lee is a Korean-American artist, filmmaker, and translator living in Seoul, Korea. He received his BFA from Carnegie Mellon University School of Art where he studied fine art and animation. He works as a translator for film festivals and non-profit organizations such as Indie-AniFest and the Korean Independent Animation Filmmakers Association.

이범은 한국계 미국인으로 화가, 영화감독, 번역가로 일하고 있으며 서울에 거주하고 있다. 미국 카네기 멜론 대학에서 순수 미술과 애니메이션을 공부했다. 인디 애니 페스티발과 한국 독립 애니메이션 감독 협회 같은 다수의 영화제와 비영리단체를 위해 통역자로 일하고 있다.

The Mother*land*
어머니나라

An anthology of poems written by Korean adoptees &
Korean unwed mothers

한국 입양인과 미혼모들의 시선집

Edited by Laura Wachs

로라 왁스 엮음

토담미디어

This book is dedicated to you, dear reader. In it, may you find a home

and a family to keep you company if ever you feel alone.

독자 여러분께 이 책을 바칩니다. 혼자라고 느껴본 적이 있다면,

이 책에서 당신이 고향과 가족을 찾을 수 있기를 바랍니다.

Introduction

『The Motherland』, is an anthology of poems written by Korean Adoptees and Korean single mothers. The title honors the adoptees' unbreakable connection to their motherland, and the lives of single mothers. All poems are printed in Korean, English and the adoptees' native languages. The purpose of the book is to bring awareness to the myriad of experiences related to adoption and single motherhood in Korea. It is a means to end to the stigma placed upon these two minorities. It is a seed planted to grow social and political change. Lastly, it is a reminder that the concepts of 'home', and 'family', are subjective. Home and family are shaped in the kiln of our hearts and they are kept alive with love.

머리말

『어머니*나라*』는 한국 입양인들과 한국인 싱글맘들이 쓴 시를 묶은 시선집이다. 시집의 제목은 입양인들과 그들의 모국 사이의 끊을 수 없는 연결, 그리고 싱글맘들의 삶을 기리기 위해 선택한 제목이다. 각각의 시들은 한국어와 영어, 그리고 각 입양인들의 해당 국어 버전을 모두 수록했다. 이 시선집은 한국에서 입양과 싱글맘으로 살아가는 것과 관련된 수많은 경험들을 사람들에게 알리기 위해 기획되었다. 입양인과 싱글맘, 양쪽 다 소수자로서 받는 상처를 극복하는 방법으로서의 시 쓰기를 시도한 것이다. 이 시선집이 사회적인, 또 정치적인 변화의 씨앗 역할을 해주기를 바란다. 마지막으로 이 시선집을 통해 '고향'과 '가족'이란 개념이 주관적이라는 사실을 우리 모두 인식하게 되기를 바란다. 고향과 가족을 구성하는 주체는 바로 우리들 자신이며, 사랑이 함께 할 때에만 고향과 가족은 유지될 수 있다.

Table of Contents

Part 1_The Motherland
1부_어머니나라

Part 2_The Mother

2부_어머니

Poems written by Korean Adoptees

한국입양인들의 시

Relics of a Ghost

Ben Coz (Kang, Cheol)

I am a foreigner here

But your face, it looks like us

Who are you, imposter?

Whose side are you on?

I don't know to be perfectly honest

But the longer I stay

The less foreign it feels

Eerie familiarity

In day to day motions

It's on the tip of my tongue

Like these metal chopsticks

They were once made of wood

And my plastic bowl

Was once made of clay

There was a time when the 김치 in my fridge

Was buried in the earth

And when this 가야금 had 12 strings and not 21

My plastic 단소 was once carved from wood

And the K-pop I hear was once

The song, dance and drumbeat of 풍물 and 판소리

The B-boys and B-girls I admire rocking

Trucker hats, gazelles and suedes decked so fresh

Once adorned fans and masks from 부채춤 and 탈춤

The man bound by 2 year army garb

Was once a peaceful farmer,

Indifferent to the cries of war

And the woman restrained in high heels

Adorned in make-up and accessories

Was once a 해녀

Diving into the unforgiving sea—

The breadwinner of the family

A place torn in two,

Of red and blue

Rags to riches

A pseudo love-hate relationship

With a place I can't seem to stay away from

Outcast at birth but destined to return

A human boomerang

I've never felt so rejected and accepted

At the same time

I no longer recognize the mother that birthed me

The mother that's endured so much

And the mother I never knew in the first place

··· But I still love her

유령의 성골聖骨

벤 코즈 (강철)

나는 여기서 외국인이야
하지만 당신의 얼굴은 우리와 닮았는 걸
거짓말쟁이, 당신은 누구야?
어느 편이야?

난 완벽하게 정직해지는 법을 몰라
하지만 여기 머무는 시간이 길어질수록
낯선 느낌은 점점 줄어들어
섬뜩한 친숙함이
일상 속으로 찾아들어

이 금속 젓가락처럼 그 느낌은
내 혀 끝에 맴돌아
원래 젓가락은 나무로 만들었었지

그리고 내 플라스틱 그릇은

원래는 흙으로 만들었어

지금은 냉장고에 들어 있지만 김치를

땅에 묻었던 시절이 있었지

가야금은 원래 스물 한 줄이 아니라 열두 줄이었어

플라스틱 단소도 원래 나무로 깎아 만들었어

그리고 내가 듣는 K팝은 원래

풍물과 판소리의 노래였고 춤이었고 북장단이었지

내가 열광하는 비보이, 비걸들,

트럭운전수 모자를 쓰고 가젤처럼 날렵하게

스웨이드 가죽으로 산뜻하게 차려입은

그 아이들은 원래 부채춤과 탈춤에 쓰던 부채와 탈을 쓰고 있었어

2년 동안 군복 속에 갇힌 남자는

전쟁의 비명에는 아예 무관심했던

원래 평화로운 농부였지

하이힐에 갇히고

화장과 액세서리로 꾸민 여자는

원래 해녀였어

가혹한 바다 속으로 뛰어들던

가족들의 끼니를 책임지던

둘로 나뉜 한 장소,

붉은 색과 파란 색으로

거지와 부자들로

이렇게 멀리 떨어질 것 같지 않았던 그 장소와 맺은

사이비 사랑과 증오의 관계

태어나자마자 버려졌지만 운명처럼 돌아와야 했던

인간 부머랭

이토록 거부 당하면서 이렇게 받아들여지는 느낌은 한 번도 없었어

동시에 말이야

나는 더 이상 나를 낳아준 어머니를 알아보지 못해

그렇게 많은 고통을 견뎌야 했던 어머니

무엇보다 내가 끝내 알지 못했던 그 어머니

…그래도 나는 그 어머니를 사랑해

Med hälsning från en adopterad

Maria Fredriksson (Nam, Sang Hee)

Det var en gång två kvinnor,

Deras värld var ej densamma.

Den ena får jag inte minnas,

Den andra vill kallas mamma.

Två skilda liv vars skillnader skapade mitt.

Det ena präglas av avsaknad av val, det andra av privilegier

Den första gav mig ett liv,

Som den andra såg mig leva.

Den första gav mig kärlekstörst,

Som den andra inte kunde släcka.

Den första gav mig ett land,

Den andra tog mitt namn.

Den ena gav mig fröet av talang,

Den andra gav mig sin ambition.

En gav mig känslor,

Den andra gjorde sina till mina.

Den ena hörde mina första skrik,

Som den andra försökte tysta.

Den ena lät mig gå – hon fick kanske inget val,

När den andres önskan var ett barn,

Och hennes önskan starkare än ett val.

Och nu genom tårar jag frågar –

Vad gjorde mig till den jag är?

Arvet eller miljön?

Båda, kära mor, båda.

Jag är jag på grund av och trots att

En kvinna saknade ett val som den andra tog för givet.

Legacy of an Adopted Child

Maria Fredriksson (Nam, Sang Hee)

Once there were two women who never knew each other.

One I mustn't remember, the other I must call mother.

The inequality between their lives created mine.

The first one gave me life,

The other one saw me live it.

The first one gave me need for love,

The other one failed to give it.

One gave me a nationality,

The other took it away.

One gave me a seed of talent,

The other gave me her aim,

One gave me emotions,

The other gave me her fears,

One heard my first cries,

The other one hid my tears,

One gave me up, did she have choice,

When the other woman's prayers was stronger than her voice?

Now I ask through bitter tears, the question asked through many years:

Heredity or environment – which am I a product of?

Both, mommie dearest, both,

Because and despite of the lack of love.

어느 입양아의 유산

마리아 프레드릭손 (남상희)

옛날 옛적에 서로를 알지 못했던 두 여자가 있었다.

한 여자는 내가 절대 기억해선 안 되었고,

다른 여자는 내가 어머니라고 불러야 했다.

그 두 여자의 불공평한 삶이 내 삶을 창조했다.

처음 여자는 내게 생명을 주었고,

다른 여자는 내가 살아가는 걸 지켜보았다.

처음 여자는 나를 사랑에 목마르게 했고,

다른 여자는 그 사랑을 내게 주지 못했다.

한 여자는 내게 국적을 주었고,

다른 여자는 내게서 그 국적을 빼앗았다.

한 여자는 내 재능의 씨앗을 주었고,

다른 여자는 자신의 야망을 주었다.

한 여자는 내게 감정을 주었고,

다른 여자는 자신의 공포를 주었다.

한 여자는 내 탄생의 첫 울음을 들었고,

다른 여자는 내 눈물을 숨겼다.

한 여자는 나를 포기했다, 그녀에게 달리 무슨 수가 있었을까?

그녀의 목소리보다 다른 여자의 기도가 더 힘이 셌는데 말이다.

이제 나는 비통한 눈물을 흘리며 묻는다,

그 오랜 세월 동안 묻고 또 물었던 질문이다.

천성인가, 환경인가, 나는 그 무엇의 결과인가?

둘 다, 사랑하는 엄마, 둘 다,

왜냐하면, 그리고 사랑의 부재에도 불구하고.

Mistress of Un-representation

Yong Sun Gullach

I am the Mistress of Un-representation

I am the voice of the invincible loss

you will receive my tears:

Water the tree - that produces the canes to whip into our minds the loss

of a body

water the river - that drowns the babies to tell us our emotions are less

than others

water the soil - that grows the food we don't have the right to eat and

feed

generations from now.

I am the Mistress of Un-representation

I am the Mistress of Un-representation

I am the body of transparent identity

you will receive my sweat:

Water the neighbours - who see you in the corner of their eyes just to

ignore your existence

water the community - that accepts to exploit your labour without

acknowledging a name

water the nation - that crisscross a wall to label your papers as bare as a

raped woman's womb.

I am the Mistress of Un-representation

I am the Mistress of Un-representation

I am the Mistress of Un-representation

I am the life of shadow experience

you will receive my amniotic fluid:

water the unborn - who disappears before they even have gotten a name

that is real

water the dying - who had lived a life without seeing or talking truths for others to hear

water the souls - whom we have forgotten in the name of modernity,

objects and laws.

I am the Mistress of Un-representation:

my words are weaker than yours

my heart is smaller than yours

my existence is based on water.

대표되지 못하는 것들의 대가大家

영선 굴락

나는 대표되지 못하는 것의 대가

나는 막강한 상실의 목소리

너희는 내 눈물을 받게 되리라

나무에 그 물을 주어라 - 그리하면 그 가지로 회초리를 만들어

몸을 잃은 정신을 매질하게 되리라

강에 그 물을 흘려보내라 - 그리하면 우리의 감정은

다른 이들에 비하면 하찮다고 말할 아기들이 물에 빠지리라

흙에 그 물을 뿌려라 - 그리하면 우리가 먹을 수도,

다음 세대를 먹일 수도 없는 식량을 기르게 되리라

나는 대표되지 못하는 것들의 대가

나는 대표되지 못하는 것들의 대가

나는 투명한 정체성을 지닌 몸이다.

너희는 내 땀을 받게 되리라.

이웃들에게 그 물을 주어라 - 이웃들은 너를 흘깃 보면서도

너의 존재를 부정하리라

지역사회에 그 물을 주어라 - 너의 이름도 알지 못한 채

너의 노동을 착취하리라

국가에 그 물을 주어라 - 강간 당한 여인의 자궁처럼 헐벗은

너의 서류들에 딱지를 붙여 벽을 메우리라

나는 대표되지 못하는 것들의 대가

나는 대표되지 못하는 것들의 대가

나는 대표되지 못하는 것들의 대가

나는 그림자 같은 경험으로 이루어진 삶이다

너희는 내 양수를 받으리라

태어나지 못한 아기들에게 그 물을 주어라 - 아기들은

진짜 이름도 얻기 전에 사라져 버렸느니라

죽어가는 자들에게 그 물을 주어라 - 한 번도 진실을 보지도 못했고

남들에게 들려주지도 못했던 자들이니라

그 영혼들에게 그 물을 주어라 - 근대, 객체, 법의 이름 아래

우리가 잊어버린 영혼들이니라

나는 대표되지 못하는 것들의 대가

나의 언어는 너의 언어보다 약하노라

나의 심장은 너의 심장보다 작노라

나의 존재는 물로 이루어졌노라

How It Feels to be Lucky

Katelyn Hemmeke (Oh, Min Gee)

1. A thing I wrote when I was young: "Thinking about the person you could have been is not so bad. It's like creating a character in a story, except that character is you. Or at least, who you might have been. And that could have been anything at all."

    a. And another: "It is hard for me to imagine what my life would be like if I were still in Korea. I know nothing about the place. I wish I could feel like there is still a piece of me there. Instead, it is almost as if the first few weeks of my life didn't happen."

2. A thing that is written in my adoption file: "Two days [after] the baby was born, the birth mother said that she was unmarried and wanted her baby to be adopted in a good home because she could not raise the baby as a college student. She was found disappeared somewhere the following day and hospital waited for her to come back taking care of the

baby, to no avail."

    a. And another: "Adoption would be the best way for the baby's and the birth mother's stable future, therefore, I recommend it adoption in an American family."

    b. The story in the file turned out to be false.

3. One of the first things my Korean mother said to me: "Wow, you look like your father. Your smile is just like his."

4. One of the first things my Korean father said to me: "Your face is just like mine, except for your eyes. You have your mother's eyes."

5. I asked my Korean mother if I could call her 엄마. "Of course," she said. "It is your right."

6. My Korean father told me he had two sons. "Do you have any daughters?" I asked. He looked me in the eye and smiled. "My daughter is right here," he said.

7. Once, I showed my Korean mother a photo album containing pictures from my childhood. She pored over it for a long time. The coffee she'd ordered went cold.

a. "And to think, this is such a small portion of your life," she marveled.

b. I offered to copy the pictures for her, to let her take them home. "Oh, no," she said, slowly, her eyes never leaving the album pages. "For me to take them...it wouldn't be right."

8. Once, my Korean father called me late at night, after he had too much to drink.

a. "You hate me, right?" he said.

b. It didn't matter how many times I told him that I could never hate him, that I love him, that he has done nothing wrong.

c. "I am a terrible person, a terrible father, because I didn't take care of you for 26 years," he said. "I'm sorry. I'm sorry. I'm sorry."

9. When I tell people that I have met my Korean family, they almost always ask, "How does it feel?"

a. How does it feel to meet your parents for the first time when you are 26 years old?

b. How does it feel to worry about taking a DNA test to ensure that they are, indeed, your parents?

c. How does it feel to learn that they had no idea you were alive, that they had been told you died after birth? That they had planned to stay together, to raise you, that they would never have sent you away for adoption, and had no idea that you had been?

d. How does it feel to learn that sending you for adoption was not your parents' choice, but their parents? That your grandparents never wanted your parents to be together, and certainly did not want them to raise a child together out of wedlock? That the cruelest of lies — she didn't make it, there was nothing we could do — became perfectly plausible because you were born so early, so small?

e. How does it feel to always meet your parents one at a time, always separately, because they are not married, were never married, were too devastated by your apparent death to stay together?

f. How does it feel to know that you will probably never meet any of your four younger siblings? That you will probably never spend a

Korean holiday with any of your Korean family, because no one but your parents know that you exist?

10. When I tell people that I have met my Korean family, they almost always say, "You are so lucky that you found your birth family."

a. This is true. Over 200,000 people were adopted from Korea, and so very few of us are able to find our Korean families.

b. If only finding our families was not a matter of luck.

c. If only they had never been lost in the first place.

행운아가 된 기분은 어때?

케이틀린 헤미키 (오민지)

1. 어렸을 적에 이런 이야기를 쓴 적이 있다. "당신이 될 수도 있었던 어떤 사람에 대해 생각해 보는 것도 그리 나쁘지 않을 것 같다. 그건 소설 속의 주인공을 창조하는 것과 비슷하다. 다만 그 주인공이 당신이라는 점을 빼면 말이다. 당신이 아니더라도 적어도 당신이 될 수도 있었던 어떤 사람이다. 그 어떤 사람이라도 될 수 있을 것이다."

    a. 또 다른 이야기. "내가 만약에 한국에 계속 있었더라면 내 삶이 어떻게 흘러갔을지 상상하는 건 어렵다. 한국에 대해서 내가 아는 건 아무 것도 없으니까. 한국에 나와 관련된 어떤 것이 한 조각이라도 남아 있다면 좋겠다. 하지만, 내 인생이 시작되던 최초의 그 몇 주는 아예 존재하지 않았던 것과 마찬가지다."

2. 내 입양서류에 적혀 있는 사항 하나. "아기가 태어난 이틀 후, 생모는 자신이 미혼모이며 대학생 신분으로 아기를 키울 수 없으니 좋은 가정으로 입양되기를 바란다고 말했다. 그 다음날 아기의 엄마는 사라졌고, 병원에서는

아기의 엄마가 돌아오기를 기다렸지만 돌아오지 않았다."

　　a. 또 다른 이야기. "아기와 생모의 안정된 미래를 위해서는 입양이 최선

　　의 길이므로, 나는 아기를 미국 가정으로 입양할 것을 권한다."

　　b. 서류에 적혀 있던 이야기는 알고 보니 다 거짓이었다.

3. 내 한국 어머니가 내게 들려준 이야기들 중 하나. "세상에! 넌 네 아빠를

빼닮았구나. 네 웃는 모습이 딱 네 아빠다."

4. 내 한국 아버지가 내게 들려준 이야기들 중 하나. "네 얼굴은 정말 나를 닮

았구나. 눈만 빼고 말이다. 네 눈은 네 엄마와 똑같구나."

5. 한국 어머니에게 물었다. 엄마라고 불러도 되냐고. 그녀가 말했다. "당연

하지, 그건 니 권리란다."

6. 한국 아버지는 두 아들이 있다고 말했다. "딸도 있나요?" 내가 묻자 그는

내 눈을 들여다보며 미소를 짓고 답했다. "내 딸은 지금 여기 있지 않느냐."

7. 한번은 한국 어머니에게 내 유년 시절의 사진들이 들어 있는 앨범을 보여

주었다. 그녀는 한참 동안 앨범을 들여다보았다. 그녀가 주문한 커피는 차

갑게 식어갔다.

    a. "그러니까 이게 네가 살아온 인생의 작은 부분이구나." 그녀는 놀란 얼굴이었다.

    b. 나는 그녀에게 사진들을 복사해 줄 테니 집에 가져가라고 제안했다. "아니다, 괜찮아." 그녀는 앨범에서 눈을 떼지 않은 채 천천히 말했다. "내가 어떻게 그럴 수 있겠니. 그건 옳지 않단다."

8. 한번은 한국 아버지가 한밤중에 만취한 상태로 내게 전화를 걸어왔다.

    a. "애비가 밉지, 그렇지?" 그가 말했다.

    b. 아무리 나는 그를 미워하지 않는다고, 나는 그를 사랑한다고, 그가 잘 못한 건 아무것도 없다고 말해도 소용없었다.

    c. "내가 끔찍한 인간이다, 끔찍한 애비다, 26년이나 너를 내버려 뒀어," 그가 말했다. "미안하다, 미안하다, 미안하다."

9. 한국의 가족을 만났다고 사람들에게 얘기하면 거의 항상 비슷한 질문을 던진다. "어땠어?"

    a. 26세가 되어서야 처음으로 부모를 만나는 기분은 어때?

    b. 그들이 진짜 너의 부모인지 확인하기 위해 유전자 검사를 해봐야 하는 건 아닐까 걱정하는 기분은 어때?

c. 부모님이 네가 살아 있다는 사실조차 몰랐다는 걸, 부모님은 네가 태어나고 바로 죽었다고 들었다는 걸 알게 된 기분은 어때? 네 부모님은 너를 키우며 함께 살 생각이었다는 걸, 널 입양보낼 생각은 아예 하지도 않았다는 걸, 네가 입양되었다는 사실은 전혀 몰랐다는 걸 알게 된 기분은 어때?

d. 너를 입양보내기로 한 결정을 내린 게 네 부모님이 아니라 그들의 부모였다는 사실을 알게 된 기분은 어때? 네 조부모가 네 부모의 결혼을 결코 원치 않았고, 네 부모가 결혼도 안 한 상태로 아기를 키우는 걸 원치 않았다는 사실을 알게 된 기분은 어때? 네 어머니의 잘못도 아니고 아무 것도 할 수 없었는데 네가 너무 일찍, 너무 작게 태어나는 바람에, 네가 죽었다는 그 잔인한 거짓말이 아주 완벽하게 먹혔다는 사실을 알게 된 기분은 어때?

e. 네 부모님이 네가 죽었다는 얘기를 듣고 너무나 절망한 나머지 결국 헤어지고 말았기 때문에 부모님을 함께 만나지 못하고 항상 따로 만나야 했던 기분은 어때?

f. 네 명의 형제자매를 어쩌면 끝내 만나지 못할 거라는 사실을 알게 된 기분은 어때? 네 부모를 빼고는 형제자매들 중에 그 누구도 너의 존재를 알지 못하기 때문에 네가 그들과 한국 명절을 보낼 수는 없을 거라는 사실을 알게 된 기분은 어때?

10. 사람들에게 내가 한국 가족을 만났다고 얘기하면 그들은 거의 항상 내게 말한다. "친 가족을 찾다니 넌 정말 운이 좋은 거야."

   a. 맞는 말이다. 한국에서 입양된 200,000명의 입양인 중에 한국의 친 가족을 찾은 것은 정말 극소수다.

   b. 가족을 찾는 일이 운에 달린 게 아니라면 말이다.

   c. 애당초에 입양인들이 잊혀지지 않았다면 말이다.

How Music Stays in the Body

Lee Herrick (Lee, Gwang Soo)

Your body is a song called birth

or first mother, a miracle that gave birth

to another exquisite song. One song raises

three boys with a white husband. One song

fought an American war overseas. One song leapt

from fourteen stories high, and like a dead bird,

shattered into the clouds. Most forgot the lyrics

to their own bodies or decided to paint abstracts

of mountains or moons in the shape of your face.

I've been told Mothers don't forget the body.

I can't remember your face, the shape or story,

or how you held me the day I was born, so

I wrote one thousand poems to survive.

I want to sing with you in an open field,

a simple room, or a quiet bar. I want to hear

your opinions about angels. Truth is, angels drink,

too— soju spilled on the halo, white wings sticky

with gin, as if any mother could forget the music

that left her. You should hear how loudly I sing

now. In tune with your body's instruments:

the janggju of your beating heart, the gayageum

of your simple arms. I've become a ballad

of wild dreams and coping mechanisms.

I love you and survived almost dying.

I can breathe now through any fire.

I imagine I got this from him or you,

my earthly inheritance: your arms,

your sigh, the weight of your heavy song.

I know all the lyrics. I know all the blood.

I know why angels serenade in the moonlight.

음악은 어떻게 몸에 깃드는가

리 헤릭 (이광수)

너의 몸은 탄생이라 불리는 노래다.

또는 최초의 어머니, 또 다른 놀라운 노래를 낳는 기적이다. 한 노래가

백인 남편과 함께 세 아들을 기른다. 한 노래가

바다 건너 미국의 전쟁에서 싸웠다. 한 노래가

열네 개의 이야기에서 높이 솟아올랐다, 마치 죽은 새처럼

구름 속으로 흩어졌다. 대부분의 사람들은 잊었다,

자신의 몸 속에 노랫말을 묻고 망각했거나, 당신 얼굴의 형태에 담긴

산과 달의 추상화를 그리기로 결심했다.

어머니들은 몸을 잊지 않는단다.

나는 당신의 얼굴을 기억할 수 없다, 그 형태도 그 이야기도.

내가 태어나던 날 당신이 나를 어떻게 안았는지도. 그리하여

나는 살아남기 위해 천 편의 시를 썼다.

나는 당신과 함께 노래하고 싶다, 광야에서

소박한 방에서, 아니면 조용한 술집에서. 나는 듣고 싶다

당신이 천사를 어떻게 생각하는지를. 진실은 천사들도

술을 마신다는 것이다. 후광 위로 소주가 흐르고 하얀 날개는

진으로 끈적인다. 마치 어느 어머니라도 자기를 떠난 음악을

잊어버릴 수 있다는 듯이. 당신은 이제 내가 얼마나 큰 소리로

노래하는지 들어야 한다. 당신의 몸은 악기가 되고

나는 그 몸에 맞춰 노래한다.

장구는 당신의 심장, 가야금은 당신의 소박한 품. 나는 이제껏

거친 꿈들의 발라드로, 극복의 메카니즘으로 살아왔다.

나는 당신을 사랑하고 죽을 각오로 살아남았다.

나는 이제 어떤 불길 속에서도 숨쉴 수 있다.

아마 그 남자 혹은 당신에게서 내려왔을 거라고 상상한다.

내 지상의 상속물들 : 당신의 품,

당신의 한숨, 당신의 무거운 노래의 무게.

나는 그 노랫말을 다 안다. 나는 그 피를 다 안다.

나는 천사들이 왜 달빛 아래 세레나데를 부르는지 안다.

En förlorad värld

Hanna Sofia Jung Johansson (Kim, Jeong Yeol)

En förlorad värld

Den första gången jag återvände till din plats mamma var det redan
försent
Allt jag kunde finna var ett öde grannskap utan några människor som
mindes dig

Allt jag fick med mig var ett foto fullt av övergivenhet

Jag förbannar mig själv för att jag återvände försent för att leta efter dig
mamma
Jag förbannar Social Welfare Society för att de har dolt ditt grannskap
från mig

Den andra gången jag återvände till ditt grannskap mamma

Var allt jag kunde se en hög mur runt ditt område

Jag tackar min adopterade vän som tog mig tillbaka för att säga "Hej till

muren!"

Hon förstod att jag aldrig skulle komma närmare dig mamma än att stå

jämte muren runt ett rivningsområde

Muren var där även den tredje, fjärde och femte gången jag återvände

Utan möjlighet att ens tjuvkika

Den sjätte gången jag återvände var muren borta

Men det var även alla spår av ditt liv mamma

Gamla Wangsimni har magiskt transformerats till New Town

Den enda som finns kvar av dig mamma är adressen där jag lämnades

Envis som jag är står jag där eftersom jag vet att jag inte kan komma

närmare dig än så

Min adopterade vän tar mig till Cheonggyecheon

"Min mamma har berättat för mig att de fattiga människorna i Wangsimni brukade tvätta sina kläder i Cheonggyecheon Kanske din mamma också gjorde det?"

För ett ögonblick stannar jag till jämte strömmen i ett meningslöst försök att försöka känna mig nära dig mamma

Mer än någonting annat handlar adoption om total förstörelse av platser och minnen

Komplett förstörelse av kollektivt minne

Gamla Wangsimni är borta men jag bär din värld inom mig

En gång i tiden var Wangsimni något mer än kaféer och flärdfulla lägenheter

Jag bär din värld inom mig mamma

A Lost World

Hanna Sofia Jung Johansson (Kim, Jeong Yeol)

The first time I returned to your place Omma it was already too late

All I found was a ghost neighbourhood without any people who could

remember you

All I got with me was a photo filled with abandonment

I curse myself for returning to search for you Omma too late

I curse Social Welfare Society for hiding your neighbourhood from me

The second time I returned to your neighbourhood Omma

All I could see was a high wall around your place

I thank my adoptee friend who brought me back to say "Hi!" to the wall

She realized that I will never be closer to you Omma than standing by the wall outside a demolish neighbourhood

The wall was there also the third, fourth and fifth time I returned
Not even a chance to sneak peak

The sixth time when I returned the wall was gone
But so were all traces of your life Omma
Old Wangsimni has magically become New Town

The only thing left of you Omma is the address where I was left
Stubborn as I am I stand there because I know I cannot be any closer to
you than this

My adoptee friend walks me to Cheonggyecheon
"My mom told me the poor people in Wangsimni used to wash their
clothes in Cheonggyecheon Maybe your mom did the same?"
For a moment I stop by the steam with the vain hope to feel close to you
Omma

More than anything else adoption is about complete destruction of places and memories

Complete erasure of collective memory

Old Wangsimni is gone but still I carry your world inside me

Once upon a time Wangsimni was more than coffee shops and fancy apartments

I carry your world inside me Omma

사라진 세계

하나 소피아 정 요한슨 (김정열)

처음으로 당신이 살던 동네에 돌아왔지만, 엄마, 이미 너무 늦었어요

내가 찾을 수 있었던 건 유령이 되어 버린 동네였어요

엄마를 기억할 수 있는 사람은 하나도 남지 않은

내가 가진 건 사진 한 장뿐이었죠 버림으로 가득 찬

너무 늦게 엄마를 찾아 돌아온 내 자신을 저주했어요

엄마가 살던 동네를 내게 알려주지 않은 대한사회복지회를 저주했어요

두 번째 당신의 동네에 돌아왔을 때 엄마,

내가 볼 수 있었던 건 엄마의 동네를 둘러싼 높은 벽뿐이었어요

내가 그 벽에다 대고 "안녕!" 인사할 수 있게 해 준 입양인 친구에게 감사해요

그녀도 알았겠죠 엄마 내가 당신께 가장 가까이 다가갈 수 있는 방법은 철거

된 동네를 둘러싼 벽 가까이 서 있는 것뿐이란 걸요

세 번째, 네 번째, 다섯 번째 내가 돌아갈 때마다 벽은 그대로였어요
그 안을 슬쩍 들여다볼 기회조차 없었어요

여섯 번째 돌아갔을 때 벽이 사라지고 없었어요
엄마, 당신의 흔적도 그렇게 모두 사라진 거죠
낡은 왕십리가 마술처럼 뉴타운이 되었더군요

엄마, 당신에게서 남겨진 건 내가 발견된 그 주소밖에 없어요
고집불통인 나는 또 그 자리에 서요 당신께 가까이 가는 게 그 길뿐이니까요

입양인 친구가 날 청계천으로 데리고 갔어요
"우리 엄마가 그러는데 왕십리의 가난한 사람들은 청계천에서 와서 빨래를
했대. 너희 엄마도 그러지 않았을까?"
잠시 물가에 머물렀어요 엄마를 조금이라도 더 가까이 느낄 수 있으리라는
헛된 소망으로요

그 무엇보다도 입양은 장소와 추억을 완벽하게 파괴해요

집단의 기억을 완벽하게 지워요

옛 왕십리는 사라졌지만 나는 아직 당신의 세계를 내 속에서 이어가요
옛날 옛적에 왕십리는 커피숍과 고급 아파트 이상의 그 무엇이었답니다
엄마, 당신의 세계는 내 안에 살아 있어요

Celebration

Stephen Johnson (Jung, Eun Gi)

"Come celebrate with me, that everyday something has tried to kill me
and failed."
-Lucille Clifton

No one ever taught me the difference

between a flower and a weed

One is farmed and the other is free

Society shows us who belongs at the table

And who deserves to be polluted

Better suited to be instituted

Or uprooted by a child who doesn't yet know

But the weeds always come back

Somehow we learn we're not really weeds at all.

Come celebrate with me, the dandelions in late spring

Who thrive and survive despite the pesticides of the world

They rise up through the cold refusing to be told

Go and die silently

Come celebrate with me, the single mom in Pohang

Who plants perilla leaves in the cracks

Of a home she may never own

Disowned or condoned by a family she never chose

Come celebrate the joy that she knows

The mugunghwa she grows

The car that she owns despite the stigma

That shows up in her paycheck

Come celebrate with me, the time machine

To take back another statistic who left us far too soon

Remember when we went to the noraebang?

We swayed and screamed to Arirang

I still can't sing, but I would take lessons together

If it means that you'd want to dance a while longer.

Come celebrate with me, that you are alive

Celebrate the strength it takes to be broken

The comfort of your skin

And the warmth of a ghost embrace.

기뻐해요

스티븐 존슨 (정은기)

"나와 함께 기뻐해요. 매일매일 무엇인가 나를 죽이려고 애썼지만 실패했
잖아요" - 루실 클리프튼

아무도 내게 가르쳐 준 적 없었다

꽃과 잡초의 차이를

하나는 기른 것이고 다른 건 공짜

사회는 우리에게 알려 준다

누가 테이블에 올려두어야 할 존재이며

누가 오염되어 마땅한 존재인지를

잘 다듬어 세상에 순응하는 게 나을지

아니면 아직 알지 못하는 아이의 손에 뿌리뽑히는 게 나을지를

하지만 잡초들은 언제나 돌아온다

어떻게든 우리는 우리가 결코 잡초가 아니란 사실을 배운다.

56

나와 함께 기뻐해요

세상의 온갖 제초제를 이기고 살아남아 번성하는

늦봄의 민들레여

사라지라고, 조용히 죽으라고 말하는 차디찬 거절 속에서

솟아오른 민들레여

나와 함께 기뻐해요,

끝내 가질 수 없을 지도 모르는 집,

자신이 선택하지 않았던 가족에 의해 버려진 또는 허락된 집,

그 집의 깨진 틈바구니에

깻잎을 심은 포항의 싱글 맘이여

나와 함께 기뻐해요, 타임머신이여

너무 일찍 멀리 떠나버린 또 하나의 통계를 되찾읍시다

우리가 노래방에 갔던 때를 기억해요?

우린 아리랑에 맞춰 몸을 흔들고 소리를 질렀죠

아직도 나는 노래를 부르지 못해요 하지만 노래를 배울게요

당신이 조금 더 오래 춤을 추고 싶다면 말이에요

나와 함께 기뻐해요, 당신은 살아 있어요

당신의 껍데기 안락을 부술 힘을 기뻐해요

비록 허상일지라도 당신을 감싸안을 그 포옹을요

A Letter to My Ancestors

So-yung Hannah Mott

I used to think that you did not exist.

That somehow I just dropped down from

the sky,

or maybe came up from the ocean

birthed by fire and water alone.

They told me the definition of adoption was:

your mother could not take care of you

and I swallowed it

you have no other family, but what we have given you

and I repeated it

you do not come from here, but you do not belong over there

and I remembered it

your origins do not matter; they are no longer yours

and I accepted it.

But my body remembers you,

a shadow ungrounded in this world,

reaching through a deep fog...

But all I find is a ghost.

And what is a ghost, but

a trauma untold,

wounds not healed,

ancestors not put

to rest.

Am I the ghost?

The remaining evidence,

the specter of colonial occupation,

the wound

begging...

to be closed.

A future ancestor trying to find

my resting place.

It reaches farther back for memories,

traces of your existence

that I don't believe exist

It reminds me that you are the reason I am here

believe

it whispers my roots are deep, even if

I'll never see how far they go

Trust

call me back,

call me back to

myself

A forgotten rhythm,

a song unsung,

how does your body remind you

where it comes from?

call me back,

call me back to

myself.

I am asking you

hold my tears

with tenderness and care.

Hold my hand,

and don't let go

hold my hand....

and don't let go....

hold my hand

내 조상들에게 보내는 편지

소영 해나 모트

당신이 이 세상에 존재하지 않는다고 생각하곤 했죠.

나는 아마 그냥

하늘에서 뚝 떨어진 거라고 말이에요.

아니면 바다에서 솟아올랐던가요.

불과 물이 만나 태어난 아이라고.

그들이 내게 알려준 입양의 정의는 이렇답니다.

네 어머니는 너를 돌볼 능력이 없었다

나는 그 말을 삼켰어요

우리가 네게 준 가족 외에 다른 가족은 없다

나는 그 말을 되풀이했어요

너는 여기 출신도 아니지만 거기에 속한 것도 아니다

나는 그 말을 기억했어요

네 근원은 상관없다, 더 이상 네 것이 아니다

나는 그 말을 인정했어요

하지만 내 몸은 당신들을 기억해요,

이 세상에 묻히지 못한 그림자

깊은 안개 속을 뚫고 다가오는…

하지만 내가 찾아내는 건 그저 유령뿐이죠.

유령이 뭔가요,

말하지 못한 트라우마,

치유되지 못한 상처,

안식을 얻지 못한

조상들이 아니라면요

나는 유령인가요?

남겨진 증거,

식민 지배의 목격자,

닫히기를

애원하는

상처.

나의 안식처를 찾아 헤매는

미래의 조상.

당신의 존재가 남긴 흔적들은

기억의 저 먼 뒤편까지 거슬러 이어져요.

나는 당신의 존재를 믿지 않는데요.

내가 여기 있는 이유는 당신 때문이라고 하네요

믿어라

내 뿌리는 깊다고 속삭이네요,

나는 끝내 그 뿌리가 어디까지 뻗는지 볼 수 없을 테지만요

믿으라니까

날 되돌려주세요

날 내 자신에게로

되돌려주세요

잊혀진 박자,

부르지 못한 노래,

당신의 몸은 어떻게 자기가 어디서 왔는지를

당신에게 상기시키나요?

날 되돌려주세요

날 내 자신에게로

되돌려주세요

부탁할게요

내 눈물을 잡아주세요

친절하고 다정하게요.

내 손을 잡아 주세요,

나를 붙들어 주세요

내 손을 잡아 주세요…

나를 붙들어 주세요…

내 손을 잡아 주세요

Heirloom

Rachel Rostad (Shin, Young Eun)

I.

There was something wild in me from birth,

legacy of you, the escaped mother.

When I was young, I dreamt of Armageddon aftermath,

fleeing empty suburbs barefoot.

Eighteen years later, I haven't run,

but I drive too fast, too much. Every new moon

I want to build a fire and step into it.

What seed did you sow:

Can I cut my blood from me

like a weed?

I want to see your face.

You are, at the very least,

a more interesting bathroom mirror.

Shin Young Eun—

I always thought

my birth name was your gift. But it was a necessity

granted by the foster home,

little more than a barcode.

II.

Mother, the man you loved was married.

If my stubborn blood's an inheritance from you,

I know how solvable a locked door looks.

It's been a year since a boy became

the bookend to my bedtime fairytales. He was married

to logic. I was the mistress, the mistake.

I can turn it into strings and tricks now,

but I wanted him like a finish line: the charisma

of a road going nowhere, a phone off the hook. I was a singer

and he was metal I could not make resonate

with the full pain of my lungs.

Once, I drove him home as constellations flooded

through the sunroof. I wooed him

with my stoic neck.

He told me he changed his mind,

and I felt lucky for the rest of the summer.

Mother, we both know how fortune sticks in the throat

like unchewed steak.

Perhaps your married man kissed you beneath

a streetlamp, gilded snow, and you too thought your

story was lucky,

worthy of a movie, so you wrote a script.

III.

I too want married men, though they are not

married to anything made of flesh:

no, it is purely the thrill

of a turned glance, the vice of teeth and will.

But your grip was not muscled enough

to brand the words to his tongue.

You left him, left Seoul, and came back heavier

with me.

I used to imagine this was resignation: death throes

renamed as dance.

But now I know the urge

to crack a hammer into every foundation, the need to

burn down

every house you build. The need

to build houses made only of wood.

IV.

When I think of my parents,

I do not think of whatever man you held that night.

My father was not a man.

He was a subway

blind with a future, a train soaring south.

Mom, this was your gift:

my dubious fate

that I choose to believe

we chose together.

I was the seed you planted in your vinegar victory,

the bitter alcohol that spurs the flame.

You gave me up, so you could admire me

like a horizon. Anything more attainable,

and you knew we would be doomed

to be kitchen counters,

table placemats to each other.

I was the best part of you,

and you didn't give me a name.

상속

레이첼 로스타드 (신영은)

1

태어날 때부터 내 안에 무언가 거친 것이 있었죠.

당신이라는 유산, 도망가 버린 어머니.

어렸을 때 종말 후의 세상을 꿈에서 보았답니다.

난 맨발로 텅 빈 교외에서 도망치고 있었어요.

열여덟 해가 지난 후에도 나는 도망치지 못했네요.

너무 빨리, 너무 많이 차를 몰아요. 새 달이 뜰 때마다

나는 불을 피우고 그 안으로 걸어 들어가요.

당신이 무슨 씨앗을 심었나요.

나한테서 내 피를 잘라낼 수 있나요?

잡초 처럼요.

당신의 얼굴을 보고 싶어요.

정말로 적어도 당신은

조금은 더 흥미로운 욕실의 거울이에요.

신 영 은.

언제나 생각했어요

내 본명이 당신의 선물이라고요. 하지만 그건 그저 필요에 의해

임시보호 가정에서 지어준 이름이었죠.

바코드보다 별로 나을 것도 없었어요.

2

어머니, 당신이 사랑한 남자는 유부남이었다지요.

만약 제 고집 센 피가 당신에게서 물려받은 것이라면,

잠긴 문을 얼마나 쉽게 열 수 있는 것처럼 보일지를 알아요.

1년 전부터 어느 남자애가

내 침대 맡 동화책들을 세워주는 북엔드가 되었어요. 그이는

논리와 결혼한 남자였어요. 나는 내연의 여자였구요. 실수죠.

이제는 그 실수를 계략으로 바꿀 수도 있어요.

하지만 난 그이가 마지막 남자이기를 원했죠.

어디로도 통하지 않는 길의 카리스마, 끊긴 전화. 나는 가수였고

그이는 내가 허파를 고통으로 가득 채워도

공명할 수 없는 금속이었어요.

한번은 그이를 집까지 태워다줬어요.

별들이 선루프를 통해 쏟아져 들어왔죠.

난 내 금욕적인 목으로 그이를 유혹했어요.

그이는 마음을 바꿨다고 말하더군요.

그리고 그 여름 내내 나는 다행이라고 느꼈어요.

어머니, 우리 둘 다 알잖아요.

행운이 어떻게 씹지 못한 스테이크처럼 목에 걸리는지를요.

어쩌면 당신의 그 유부남이 당신에게 키스했겠지요.

가로등 아래서, 펑펑 쏟아지는 눈을 맞으면서요.

그리고 당신도 당신의 이야기가 행운의 이야기라고,

영화를 만들어도 될 이야기라고 생각했겠지요.

그래서 당신은 시나리오를 썼고요.

3

나도 결혼한 남자들을 원해요. 비록 그 남자들은

육체를 가진 것과는 결혼하지 않았지만요.

아뇨, 그건 순수한 스릴이에요

외면하는 눈길, 이빨과 의지의 바이스로 만들어진.

하지만 당신의 손아귀는

그 단어들을 그의 혀에 낙인찍을 정도로 강하진 않았죠.

당신은 그를 떠났고, 서울을 떠났고,

나 때문에 더 무거워진 채 돌아왔죠.

난 이것이 참고 견디는 거라고 상상하곤 했어요.

춤이라고 이름을 바꾼 죽음과도 같은 출산의 고통 말이죠.

하지만 이제 알아요.

당신은 모든 기초에 망치로 균열을 내고 싶었어요.

당신이 세운 모든 집을 불지르고 싶었던 거에요.

오로지 나무로만 집들을 짓고 싶었던 거에요.

4

부모님을 생각할 때

나는 그날 밤 당신이 품에 안았던 남자를 생각하지 않아요.

내 아버지는 남자가 아니었어요.

내 아버지는 미래에 대해선 아무것도 모른 채

그저 남쪽으로 달리던 지하철이었어요.

엄마, 내 모호한 운명이 바로

당신의 선물이었어요.

나는 우리가 함께 그걸 선택했다고 믿기로

선택했어요.

나는 당신이 거둔 그 식초같은 승리 안에 심은 씨앗이었어요.

활활 타오르는 쓰디쓴 알코올이었고요.

당신은 나를 포기했죠, 그래야 당신이 나를

마치 지평선처럼 열망할 수 있었을 테니까요.

좀더 손에 넣기 쉬운 어떤 것 말이에요.

그리고 당신은 알고 있었죠. 우리가

주방의 카운터가 되고,

서로에게 탁자에 깔 매트가 될 운명이란 걸요.

난 당신의 가장 좋은 일부였고,

당신은 내게 이름을 지어주지 않았죠.

Bones

Alicia Soon (Jo, Jeong Soon)

it's time to let this go.

slow and steady.

she was ten. she was ten. she was ten. i was eight.

i shudder at the sound of pants unzipping, instead i pull mine off from

the shrinking of hips

metal button scraping soft stomach.

here is how i describe you.

the family i lived with

no, the people.

they were not mine.

paper hands in an old square house. a yardstick.

both sides of a scream in the same room.

you taught me

to stand still

to simon says.

nothing. you'd say, you are nothing.

damaged. i dare not dwell.

every night i undo you

walk around my room

fingers pruned with

the percentage of you

that makes me up.

a truth i can't finetooth comb away.

i tell the story so well.

white out from my lips that paints you clean

cold edges of someone i forget to tell.

i am careful with your picture.

in it, you are a woman with a husband and son.

in it, you are the victim and we are the children, *saved.*

love, you always said
is not a feeling. it is a decision.
on your lap every morning
on the floor every afternoon
hands over my head
knees and arms drawn in

you straightened me out.
sliced me so thin.
left horizontal lines around my eyes and ears
a field guide of scars around my shoulder blades.

뼈

알리시아 순 (조정순)

이제 떠나보내야 할 시간이야.
천천히 조금씩.

그녀는 열 살이었다. 그녀는 열 살이었다. 그녀는 열 살이었다, 나는 여덟 살이었다.

바지 지퍼를 내리는 소리에 소름이 끼친다. 그래도 나는 움츠러드는 엉덩이에서 바지를 벗어던진다.

금속 단추가 부드러운 배를 긁는다.

자, 내가 당신을 묘사하는 방식은 이런 식이야.
내가 함께 사는 가족
아니, 사람들.
그들은 내 가족이 아니었다.
낡은 정방형 집 속의 종이 손들. 막대자.

똑같은 방 안에서 울리는 비명의 양쪽.

당신은 나를 가르쳤다.

가만히 있는 법을.

사이먼 가라사대.

아무것도 아냐. 당신들이 이르기를, 넌 아무 것도 아냐.

상처 입은 채, 나는 감히 그곳에 살 엄두를 내지 못했어.

매일 밤 나는 당신을 지운다

방 안을 서성인다.

손톱을 깎는다.

지금의 나를 구성한 당신의 분량을 깎아낸다.

아무리 고운 빗으로도 진실을 빗어낼 수 없다.

나는 정말 이야기를 잘 해.

내 입술에서 백색을 끄집어내 당신들을 깨끗이 칠한다.

누군가의 차가운 가장자리를 이야기하는 걸 잊었다.

당신을 그릴 때 나는 조심스럽다.

그림 속에서 당신은 남편과 아들이 있는 여자다.

그림 속에서 당신은 피해자이고 우리는 아이들이다, 구원받은 아이들.

사랑은, 당신은 언제나 말했어,

느낌이 아니라고, 사랑은 결심이라고.

매일 아침 당신 무릎에 앉혀놓고

매일 오후 방바닥에서

내 머리에 두 손을 얹고

두 무릎, 두 손을 모으고

당신은 나를 쭉 잡아늘였다.

나를 그토록 가늘게 조각냈다.

내 눈과 귀에 가로로 금을 그었다.

내 어깨뼈 주위로 상처의 현장 가이드를 남겼다.

Broken Translation

Laura Wachs (Kim, Hyo Jin)

Part 1

I knew I'd come back to Korea.

It was an obligation since the day

two hands, pale as moons

pulled my tide from my mother's body.

Left her reaching for my memory

in the polished black keys of pianos,

our parting — a minor song.

She didn't want to do it.

She was forced to by a country

that oppressed her for being a woman.

I tried to find her, but after one year
of searching I gave up. Too tired

of reading paperwork again for clues,
of holding pity cards in front of

a case worker, in hopes she'd say more
than she was supposed to.

My Korean Omma is a fish I couldn't
catch. Each time I case a line out to

sea, it only got longer. Distance
makes the heart grow indifferent.

Part 2

My American Mother & father left

me as untouched as the lilacs I left

on their doorstep. For my mom
it was quick, like catching a fish

& swiftly tossing it back as if
she didn't notice. For my dad,

it was a slow unwind. Flowers
sitting in a vase of fresh water

even after its petals dried out.
He wanted to keep me.

He wanted to keep his marriage
more. In the last message he sent

he informed me I'd been written
out of the will. After, I cut all

forms of contact for what a thing,

to be erased twice. First, a baby

turned into a transaction.

Second, a daughter, whited out.

Part 3

I know grief like an anchor that

keeps me drowning. I have seen

a back turn like a spiral staircase

into an infinite goodbye. I know

separation like a fever I sweat in

until my body is a sickness. When

my parents left, they took in their

back pockets all the years of my

life. For this, I don't resent them.

My Omma believed that distance

was the best decision. It's been a

decade since I've seen my mom

as she believed it, too. It's been

five years since I've seen my dad,

for at last, so do we- all of us

broken translations who mean,

"I love you," but say,

"I never want to see you again."

엉터리 번역

로라 왁스 (김효진)

1부

난 언젠가 내가 한국으로 돌아가리란 걸 알았어.

그 날 이후 그건 의무가 되었어.

달처럼 창백한 두 손이

내 어머니의 몸에서 내 파도를 떼어냈어.

어머니의 기억은

피아노의 반짝이는 검은 건반 속에 남아 있어.

우리의 이별은 단조의 노래야.

그건 어머니가 원한 일이 아니었어.

그건 어머니의 나라가 강제로 시킨 일이었어.

어머니가 여자였기에 짓누른 나라.

어머니를 찾으려 했어, 하지만

1년이 지난 후 포기했어. 너무 힘들었어

실마리를 찾으려 서류를 읽고 또 읽는 일도,

담당 직원 앞에서 신청서를 들고 있는 일도

어쩌면 그녀가 말해야 할 것보다

더 많은 걸 말해줄 지도 모른다는 희망을 품고서 말이야

내 한국 엄마는 물고기였어. 내가 잡을 수 없는

나는 언제나 낚싯줄 하나를 던졌어

바다로. 낚싯줄은 그저 더 길어지기만 했어.

거리가 멀어지면 심장도 무뎌지는 법이잖아.

2부

내 미국 어머니와 아버지는 나를 버렸어

손도 대지 않은 채 내버려뒀어

내가 그들의 문가에 남겨둔 라일락에 그랬던 것처럼

엄마한테 그건 물고기를 낚아채서는

휙 재빨리 물 속으로 되돌려보내는 것 같았어. 마치

아무것도 모르는 것처럼 말이야. 아빠한테는

천천히 낚싯줄을 풀어버리는 식이었어, 꽃들이

신선한 물이 담긴 화병 속에서 시들다가

끝내 꽃잎들이 다 말라 비틀어진 뒤에도

아빠는 날 곁에 두고 싶어 했어.

아빠는 자신의 결혼을 지키고 싶었지

조금 더. 마지막으로 보낸 메시지에서

아빠는 내게 통보했어 내 이름이 유언장에서

지워졌다고. 그래서 나도 끊었어 모두 다

어떤 형태의 연락이든. 굉장하지?

두 번이나 지워진다는 거 말야. 처음엔 한 아기가

거래품목이 되었고

두 번째는 어느 딸이 하얗게 지워졌어

3부

난 알아, 슬픔은 닻 같은 거야

나를 물속으로 끌고 내려가는. 난 봤어.

뒤돌아서 나선형 계단처럼 영원으로 이어지는

작별을. 난 알아

이별은 땀으로 뻘뻘 흘리며 앓는 열병 같은 거야

내 몸뚱아리가 곧 병이야. 내 부모가

나를 떠났을 때, 그때까지의 내 인생 전부를

그들은 뒷주머니에 넣고 가 버렸어.

나는 그들을 탓하지 않아.

우리 엄마는 거리를 지키는 게

최선이라고 믿었으니까. 어느 새

엄마를 본지도 십년이 넘었네

엄마가 믿었던 것처럼 역시

아빠를 본 지도 5년이 지났어

다 그렇게 사는 거지 뭐. 우리 모두

엉터리 번역으로 말이야

속마음은 "사랑해", 하지만 말은 다르게 나와.

"다시는 널 보고 싶지 않아."

Till Korea

Suzanne Weigl (Na-Myung)

Jag är en av de döttrar du berövats,

Jag är ett av de barn du födde men aldrig fick,

Jag är ett av dina barn som aldrig fått lära känna dig,

Men ditt blod flyter i mina ådror,

Ditt liv finns i varje cell,

Och min ande är barn av din ande.

Vi skiljs åt av avstånd,

Vi skiljs åt av tid,

Men när det regnar hos dig

faller mina tårar till marken.

.

For Korea

Suzanne Weigl (Na-Myung)

I am one of the daughters you've been deprived of,

I am one of the children you gave birth to but never had,

I am one of your children who never got to know you,

But your blood flows in my veins,

Your life is in each of my cells,

And my spirit is child of your spirit.

We are separated by distance,

We are separated by time,

But when it rains with you

my tears fall to the ground.

한국에게

수산 바이겔 (나명)

나는 당신이 빼앗긴 딸들 중의 하나입니다,

나는 당신이 낳았지만 끝내 지킬 수 없었던 아이들 중의 하나입니다,

나는 끝내 당신을 알지 못했던 아이들 중의 하나입니다.

하지만 당신의 피는 내 혈관 속에 흐르고 있습니다.

당신의 생명이 내 세포 하나하나에 깃들어 있습니다.

그리고 내 영혼은 당신의 영혼이 낳은 아이입니다.

우리 사이엔 공간이 가로놓여 있습니다,

우리 사이엔 시간이 가로놓여 있습니다,

하지만 당신에게 비가 내릴 때면

내 눈물이 땅에 떨어진답니다.

La mia Storia

Sarah Bramani Araldi (Sung Hee)

Quando le persone mi chiedono e mi parlano di adozione mi vengono in mente tante cose: le famiglie, i bambini, le case famiglie, gli orfanotrofi, i tribunali, muri di cemento asettico con persone e visi mai conosciuti. Quando, invece, mi chiedono qual è il mio primo ricordo sulla mia adozione, immediatamente tutto rimanda al caldo cocente sole della lontana Cambogia.

Ricordo una mattina di agosto, quando, una famiglia di Bologna, arrivò a Phnom Pehn in Cambogia a conoscere la loro bambina Hang Vy che viveva presso l'orfanotrofio "Centro di nutrizione" a cui facevo servizio nel 2005. Era un giorno come gli altri, il sole delle 9.00 del mattino era già caldo ed Hang Vy, con gli altri bambini dell'orfanotrofio, si era appena svegliata; il mio compito era quello, insieme alle care givers cambogiane di aiutare i bambini a lavarsi e a vestirsi per poi correre tutti insieme a giocare nelle play rooms.

Hang Vy ed io giocavamo con il lego, mentre i suoi genitori camminavano nervosamente, avanti e indietro, per il corridoio adiacente alla sala da gioco, come in sala d'attesa di un ospedale, aspettavamo di incontrare la loro piccola bambina. E mentre i ventilatori scandivano lentamente il tempo di una giornata afosa e senza aria tipica della Cambogia, sentivo il ritmo della camminata dei genitori di Hang Vy, veloce, nervosa e agitata che mi stava entrando piano piano nella mia mente.

E, finalmente il momento: la porta della sala giochi si aprì, Hang Vy ed io andammo incontro ai suoi genitori. Improvvisamente ho visto il sole cambogiano scaldare quell'incontro tra Hang Vy e i suoi genitori in un abbraccio come promessa di un futuro che già era realtà. L'orfanotrofio, in quel momento, cambiò e divenne quasi bello: il cemento della stanza sparì improvvisamente per far brillare i fiori in un paesaggio indefinito. Ed è così che immagino il mio primo incontro con i miei genitori in una Seoul degli anni '70 simile a Phnom Pehn : piccole strade non asfaltate che si incastrano in budelli in salita con uomini e donne che urlano per vendere la propria merce ai passanti, pochi stranieri e nessun turista.

Vedo i miei genitori nel fragore di quelle strade entrare alla Holt Children Service, l'immaginato edificio che mi ospitava e vedo l'incontro: i miei genitori che stringono una bambina di 3 mesi per la prima volta ed io che non ho riso e che non ho pianto fino a quando mi è stato regalato un abbraccio stretto e forte che portava l'idea di una famiglia reale.

My Tale

Sarah Bramani Araldi (Sung Hee)

When people ask me or talk to me about adoption, various images come to mind: of families, children, family homes, orphanages and courthouses, of cold, impersonal cement walls, of unknown faces and people. However, when I am asked about the first memory regarding my adoption, my thoughts fly to the scorching sun of faraway Cambodia.

I remember one morning in August 2005 when a family from Bologna arrived in Phnom Pehn, in Cambodia, to meet their little girl, Hang Vy, who was living in the orphanage "Nutrition Centre" where I was working.

It was just another day like all the others, the sun at 9 o'clock in the morning was already warm and Hang Vy and the other children of the orphanage had just woken up; together with the Cambodian caregivers, my task was to help the children to wash up and get ready and then run to play in the play rooms all together.

Hang Vy and I were playing with Lego while her parents were pacing nervously back and forth in the corridor next to the play room; just like the waiting room in a hospital, they were waiting to meet their child. While the fans slowly marked the hours of that muggy airless day, typical in Cambodia, I could hear the rhythm of Hang Vy's parents' footsteps, quick, nervous and worried and the sound slowly made its way into my head.

Then finally the moment came: the door to the play room opened and Hang Vy and I went to meet her parents.

All of a sudden I saw the Cambodian sun warm the meeting between Hang Vy and her parents and envelop them with the promise of a future that was already underway.

In that moment the orphanage was transformed and became almost beautiful: suddenly the cement of the room vanished and flowers sparkled in an undefined landscape. And this is how I imagine my first meeting with my parents in Seoul in the Seventies. The town was similar to Phnom Pehn with narrow unpaved roads that intersected sloping alleys, with men and women shouting to sell their wares to passerbys, a few foreigners and no tourists.

I can see my parents in the din of those streets enter Holt Children Service, a building I have only pictured and which hosted me then. I can also picture the reunion: my parents are hugging a three-month-old child for the first time, but she neither laughs nor cries until she is held close in a tender embrace that carries the promise of a real family.

나의 이야기

사라 브라마니 아랄디 (성희)

　사람들이 내게 입양에 관해 묻거나 말할 때면, 다양한 이미지들이 떠오른다. 가족, 어린아이들, 집, 고아원, 법정, 차갑고 비인간적인 시멘트 벽, 모르는 얼굴들과 사람들… 하지만 내 자신의 입양에 관련된 첫 기억에 대해 질문을 받을 때면 머나먼 캄보디아의 뜨겁던 태양을 기억하게 된다.

　2005년 8월의 어느 아침, 볼로냐의 어떤 가족이 캄보디아의 프놈펜에 도착했던 걸 기억한다. 그들은 내가 일했던 고아원의 "영양 센터"에 살고 있던 어린 여자아이 항 비를 만나러 온 참이었다.

　그날은 여느 다른 날과 다르지 않은 평범한 날이었다. 오전 9시의 태양은 이미 따뜻했고, 항 비와 다른 아이들은 모두 깨어 있었다. 다른 캄보디아 보모들과 함께 나는 아이들을 씻기고 옷을 입혀주었고, 아이들은 모두 다 함께 놀이방으로 달려갔다.

　항 비와 내가 함께 레고 놀이를 하고 있는 동안, 항 비의 부모는 놀이방 옆의 복도에서 초조하게 서성이고 있었다. 그건 마치 병원의 대기실에서 아이를 만나려 기다리고 있는 부모와도 같았다. 캄보디아 특유의 푹푹 찌는 더위 속에서 선풍기가 느리게 흐르는 시간을 알려주는 동안, 나는 항 비의 부모들이 내는 발자국 소리의 리듬을 들을 수 있었다. 흥분과 불안을 느낄 수 있는 그 잰 발걸음 소리가 내 머리 속으로 들어왔다.

마침내 그 순간이 찾아왔다. 놀이방의 문이 열렸고, 항 비와 나는 항 비의 부모를 만나러 나갔다.

바로 그 순간, 나는 항 비와 그 아이의 부모를 비추는 캄보디아의 햇살, 이미 시작된 그 밝은 미래를 담고 있는 햇살을 보았다.

그 순간, 고아원은 모습을 바꿔 아름답게 보이기 시작했다. 방안의 시멘트 벽은 사라지고 그 자리에 말로 표현할 수 없는 풍경 속에 온갖 꽃들이 화사하게 피어나는 것 같았다. 그리고 바로 이것이 1970년대에 서울에서 내가 우리 부모님을 처음 만났을 때를 상상할 때 떠오르는 이미지다. 서울은 프놈펜과 비슷한 도시로, 포장도 되지 않은 좁은 도로들이 가파른 골목길들로 어지럽게 이어지고, 남자들과 여자들은 지나는 사람들에게 물건을 팔려 소리를 질러대며, 관광객은 전혀 없이 소수의 외국인밖에 없는 그런 도시였을 것이다.

   내 부모님이 그런 어둑한 거리를 지나 홀트 아동복지회 건물 안으로 들어오는 것을 그려볼 수 있다. 그 당시에 나를 보호하고 있었지만, 그저 머릿속에서 그려볼 수만 있었던 그 건물이다. 나는 내 친가족과의 재회도 머릿속에서 그려볼 수 있다. 그 상상 속에서 내 부모님은 태어난지 세 달 된 어린아기를 처음으로 품에 안아 본다. 아기는 웃지도 않고 울지도 않으며 기다리고 있다가 진정한 가족을 약속하는 다정한 품으로 안긴다.

Part 2
The Mother
2부
어머니

Poetry by Korean Unwed Mothers

한국 미혼모들의 시

솜사탕 구름

김영아

달콤한 솜구름이

나뭇가지에 걸렸다

알록달록 무지개 솜구름

구름자락을 떼어

바람과 나누고

해님과 나누고

나무그늘과 나누고

온기와 나눈다

가을저녁빛 솜구름

이른아침빛 솜구름

햇살빛 솜구름

아이는 오늘도 솜구름에

까르르

방울구르듯 행복하다

아이의 행복이 솜구름처럼

내게 걸린다

Cotton Candy Cloud

Kim, Young Ah

A sweet and fluffy cloud

colorful as a rainbow

hangs onto a branch.

Let's take a little piece

to share with the wind

and share with the sun

and share with the trees

and share with the warm air.

Soft clouds lit by the autumn evening,

in the first light of morning,

and on a sunny day—

They always make my child

laugh with delight

like a little ball of joy.

Her happiness is like a cotton cloud

hanging onto me.

달리는 배

김영아

나는 배입니다
어여쁜 꽃을 나르는 배입니다

바람에 날려온 모래알과
태풍에 실려온 흙을 모아
예쁜 꽃을 품었습니다

아무도 없는 너는 바다에 표류하는 작은 나는
너무도 아름다운 꽃을 피웠습니다

꽃을 위해 예쁜 동산을 찾아
어제도 바다를 달리고
오늘도 바다를 달리고
내일도 바다를 달리겠죠
나는 꽃을 위해 달리는 배입니다

A Busy Boat

Kim, Young Ah

I am a boat

that carries a lovely flower.

I collect grains of sand from the wind

and bits of dirt left by the storm

to nurture this pretty flower.

You were all alone, and I was a speck on the sea.

Together, we brought forth a beautiful bloom.

I seek a pretty hillock for my blossom

by plowing the tides of yesterday,

the waves of today,

and the seas of tomorrow.

I am a busy boat, sailing for my little flower.

엄마

김영아

엄마가 되고 싶었습니다

나는 불임입니다

거리에 수많은 엄마들 속에 나는

그냥 여자

거리에 수많은 여자들 속에 나는

불임 여자

마흔 나이에 엄마가

마흔 처녀가 엄마가

되었습니다

기적으로 기도로 간절함으로 잉태한 사랑은

나를 홀로 맘으로 만들었지만

나는 엄마입니다

나는 아연이 엄마입니다

나는 엄마가 되었습니다

Mother

Kim, Young Ah

I wanted to be a mother.

I cannot bear children.

The streets are crowded with mothers, yet I am

just a woman.

The streets are crowded with women, yet I am

infertile.

At the age of forty,

as a single woman,

I became a mother.

My love was conceived by a miracle, a prayer, and a desperate hope.

I am a mom left all by herself,

but I became a mother

for a little girl named Ah Yeon.

I became a mother.

길

이규아

외로운 길, 버거운 길, 힘겨운 길

세상의 부정적 시선, 편견

웅크리고 있는 나

숨고 싶은 마음

어느 날, 아이들의 환한 웃음

나는 꼭 이겨내리라 다짐해본다

The Road

Lee, Gyu Ah

The road is lonely, tough, and exhausting,

filled with negativity and prejudice.

At times, I curl up inside myself

and dream of hiding away.

Then, I hear my children's bright laughter,

and I promise myself to always persevere.

호박꽃

장동구

새벽이 되면 소리 없이 만개하고

뜨거운 햇살 아래에선

살포시 고개를 숙이는 너

북적거리지 않아도

항상 주변을 밝히며

웃음 짓게 하는 너

어김없이 여름이 되면

주위를 환하게 만들고

우리를 찾아와준 고마운 너

Pumpkin Flower

Jang, Dong Gu

At dawn, you rise without a noise.

Beneath the hot sun

you gently crane your neck.

Even in an empty house

you always light up the room

and bring out a smile.

When summer arrives

you brighten each day

and fill me with gratitude.

달과의 첫 만남

김나래

밤하늘에 떠있는 달이 놀라웠다
첫 만남은 마냥 신기했다
하염없이 바라보다 눈물을 흘렸다

점점 변화하는 달을 보며
고민 끝에 난 함께 하자 말했다

깜깜한 밤하늘에 떠있는 달이
외롭지 않게 노래를 불러주었다

쑥스러워하며 구름 뒤로 숨는 네게
손을 잡고 안아주고
사랑한다 말했다

넌 어느새 까만 하늘에

밝게 빛나는 어여쁜 달이 되었다

그 달은 내게 희망이자

행복과 기쁨이다

First Encounter with the Moon

Kim, Na Rae

When I saw you in the night sky

my heart was amazed

and my eyes stared with silent tears.

I watched you change little by little.

After long thought, I wanted us to be together

When you were alone in the darkness

I sang a song to keep you company.

When you shyly hid behind a cloud

I took your hand and held you close

and told you how much I love you.

One night, I saw that you had become

a beautiful moon shining in the dark sky.

You are the moon—my hope,

my joy and my delight.

나 말고 재밌는 거

김나래

날 집에서 하염없이 기다리고 있을 너

네가 너무 많이 기다릴까봐

신나게 뛰어간다

집 도착하기 10초 전

심장이 쿵쾅쿵쾅

숨이 들숨날숨

삑삑삑삐 – 띠로롱 하고 문이 열리자

엄마 하고 달려나온다

날 너무 많이 기다렸구나

하고 코끝이 찡해질 때

이 녀석 입을 열고 말을 한다.

"엄마 나 재밌는 거

못 봤어요 재밌는 거 보여주세요."

핸드폰에 나오는 멋진 자동차영상에

난 뒷전이 되었다

What's more fun than mommy

Kim, Na Rae

You're waiting at home all by yourself.

I don't want to keep you waiting,

so I run all the way home.

I'm almost there—

My heart is pounding—

I'm out of breath—

Beep beep beep—the keypad door opens.

You rush out yelling "Mommy!"

You were waiting for me all day!

It almost makes me cry.

But then, you open your mouth to say,

"Mommy, I'm bored!

I want to watch some fun videos."

When there are cool car movies on the phone

Mommy can take a back seat.

꽃 길

허려나

처음에는 너무 힘들었다

어떻게 살아나갈지 막막했다

하늘이 어두워 보이고 인생이 끝난 줄을 알았다

하지만 나는 엄마이기에 용기를 내려고 했다

힘든 길인걸 알지만 걸어 나가기로 결심을 했다

인생은 한번 뿐이고 짧다

짧은 인생 즐겁게 행복하게 살아가려고 노력하고 있다

지금은 나한테 웃음도 주고, 즐거움도 주고, 행복도 주는 나의 반쪽 딸

지금은 너무너무 행복하고 꽃길만 걷고 있다

한걸음 한걸음 나의 아이와 인생도장을 찍으면서

이 생을 열심히 살아가고 있다

어두운 길이 아닌 꽃길로만 씩씩하게 한발짝 한발짝 가볍게 가뿐하게

Blooming Road

Heo, Ryeo Na

It was hard in the beginning—

not knowing how I would survive.

Everything seemed dark, as if this was the end.

But I had to be brave since I was a mother.

A tough road lay ahead, so I gritted my teeth.

After all, I have only this short life.

Brief though it may be, I must make the best of it.

Now, I have a daughter who is my other half.

Her laughter, joy, and happiness complete me.

I see a happier road blossoming ahead.

Together, we put one foot in front of the other,

living this life to the fullest.

No longer in darkness, we step lightly and brightly

on a blooming road

네가 내게 오던 날

김도경

그날은 첫눈이 왔지

따스한 첫눈이…

너를 안고 집으로 가는 길에

새하얀 첫눈이 조용하게, 따스하게

내 품에 잠든 너를 깨우지 않으려 그렇게 조용히 내려왔지

네가 내게 오던 날

끊을 수 없는 인연의 끈으로 이어진 날

다시는 예전의 나로 돌아갈 수 없는걸 알게 된 날

하지만 감사하고 감사한 날

따스한 첫눈이 우리를 축복한 날

네가 내게 오던 날

첫눈이 오던 날

내가 너의 엄마가 되던 날

나는 큰 선물을 받았단다

너의 또 다른 이름은 하나님의 선물이니까

The Day You Came to Me

Kim, Do Kyung

The first snow came on that day

The warm first snow···

As I walked home with you in my arms

The new white snow fell quietly, warmly

So as not to wake you as you slept in my arms

On the day you came to me

The day when we were bound together forever

The day when I knew that I could not return to my old self

But a day when I was grateful

The day when we were blessed by the first snow

On the day you came to me

The day when the first snow came

The day when I became your mother

I received a great gift

Another name for you is a Gift From God

너는 나의 에너지

김도경

엄마~~!
엄마~~!

애타게 부르는 소리에 퍼뜩 정신이 든다
밤새 감기에 끙끙 앓은 나
이른 아침 배고프다며 나를 부르는 아이 소리
응~차! 힘을 내서 일어난다.

엄마 왜 그래? 아파?
아냐 내 새끼 배고파? 미안해 엄마가 늦잠 자서.
몇 가지 반찬 꺼내서 상을 차린다.
없는 반찬에도 맛나게도 얌얌 잘도 먹는다.

아이를 보고 있자니 아팠던 것도 잠시 잊는다.

너는 나의 에너지

나를 다시 살게 하는 건 약이 아닌 바로 너야아가야

You Are My Energy

Kim, Do Kyung

Mama!

Mama!

Your anxious voice grabbed my attention

I was sick all through the night

In the early morning, a hungry baby's voice called to me

I gather my strength and get up.

Mommy, what's wrong? Are you sick?

No, honey, are you hungry? Sorry, mommy slept late.

I take out some side dishes and set the table.

There only a few dishes, but you eat it as if it's a tasty meal.

As I watch over you, I forget that I was sick at all.

You are my energy

I feel better not from medicine but because of you my child

자니?

김미선

이제 밤이 길어졌어.

너를 떠올려.

자니?

네가 아기 때의 꿈을 꾸고 있으면 좋겠어.

그럼 내가 조금 있다가 잠들어서

지금 이대로의 모습으로

잠든 아기인 너를 만나러 가고 싶다는

괴상한 생각을 해.

꿈을 붙잡듯 꼭 움켜쥐고 있을 작은 손을 만져보고 싶어.

걷어찬 이불을 가슴팍까지 올려 도닥도닥 덮어주고

보들보들한 머리카락을 한 번 쓸어 올려주고

나지막하게 짧은 자장가를 불러주고……

그리고 천천히 발소리나지 않게 조심하면서

꿈에서 돌아 나오는 거야.

푹 잘자.

ZIPP
2008.11.01

Are you sleeping?

Kim, Mi Sun

When the night grows long

I think of you.

Are you sleeping?

I hope you are dreaming childhood dreams.

Maybe it's a strange notion

but I want to fall asleep

and join you in your dreams

just as I am now.

I want to touch your tiny hand clenched as if holding a dream.

I want to cover you with the blanket you kicked away in your sleep.

I want to stroke your gentle hair

and whisper a short lullaby…

With slow, careful steps so as not to wake you

I would return from the dream.

Rest now.

주말, 그림 그리기

김미선

그림그리기······ 라기보다 물감놀이.

제발 한 번에 한 놈씩만 ㅠ.ㅠ

협공은 대략 반칙.

Painting on the weekend

Kim, Mi Sun

They are painting, or rather playing with paint.

For heaven's sake, one at a time!

Teaming up on me just isn't fair.

POET BIOS 시인들의 약력

Benjamin Coz 강철

Benjamin Coz is a South Korean adoptee from Minnesota. He is the son of a Haenyo, the women that dive into the ocean off the coast of Jeju Island. He currently lives in South Korea doing activist work around international adoption through the organization SPEAK, which focuses on elevating adoptee narratives in adoption discourse.

벤자민 코즈는 미네소타 출신의 한국인 입양인이다. 제주도의 해안에서 바닷속으로 다이빙해 들어가는 여성인 해녀의 아들이다. 현재 한국에서 SPEAK 조직을 통해 국제 입양 관련 활동가로서 일하며 한국에 살고 있다. SPEAK 는 입양 담론에서 입양인의 발언권을 높이는 일에 중점을 두고 있다.

Maria Fredriksson 남상희

Maria Fredriksson is a Korean adoptee, living in Sweden. She was born in Busan in 1972 and adopted to Sweden in the same year. She works as a teacher.

마리아 프레드릭손은 한국인 입양아이며 스웨덴에서 살고 있다. 그녀는 부산에서 1972년에 태어나 같은 해 스웨덴으로 입양되었다. 교사로 일하고 있다.

Yong Sun Gullach 영선 굴락

Yong Sun Gullach is a Korean-Danish artist and activist operating in the boundaries of performance, poetry, film, music, noise and installation art. Her main themes investigate disruptions and disorientation as she unfolds the aesthetics of the expressions and narrations that are embedded in-between the body, the sound and the spoken word.

영선 굴락은 한국계 덴마크 예술가이며 공연, 시, 영화, 음악, 소음, 설치미술의 경계에서 작업하는 활동가이다. 그녀의 주요 주제는 몸과 소리와 구어의 중간에 내포된 표현과 서술의 미학을 펼치며 혼란과 방향감각 상실을 살핀다.

Katelyn Hemmeke 오민지

Katelyn Hemmeke was born in Seoul, South Korea and raised in Michigan. She earned her MA in English from the University of Nebraska-Lincoln and her BA in English and Spanish from Hope College. A two-time U.S. Fulbright award recipient, she devotes much of her writing, research, and activism to social justice in the transnational/transracial adoption community. She currently lives in Seoul.

케이틀린 헤미키는 한국 서울에서 태어나 미시건에서 자랐다. 그녀는 네브라스카-링컨 대학교에서 영어로 문학석사 학위를 받았으며 호프 대학에서 영어와 스페인어로 문학학사 학위를 받았다. 두 차례 미국 풀브라이트로부터 수상하였으며 그녀는 국가와 인종을 초월한 입양 커뮤니티에서 사회적 정의에 그녀의 많은 집필과 조사, 그리고 능동주의를 헌신하고 있다. 현재 그녀는 서울에 살고 있다.

Lee Herrick 이광수

Lee Herrick was born in Daejeon, Korea and adopted at ten months to the United States. He is the author of Scar and Flower (forthcoming January 2019) and two additional books of poems, This Many Miles from Desire and Gardening Secrets of the Dead, and his poems have been published widely. He is a Fresno Poet Laureate Emeritus (2015-2017) serves on the Advisory Board of The Adoption Museum Project. He lives in Fresno, California and teaches at Fresno City College and the MFA Program at Sierra Nevada College.

리 헤릭은 한국 대전에서 태어나 10개월 되었을때 미국으로 입양되었다. 그는 『흉터와 꽃』(2019년 1월 출간예정)의 저자이며 시집 『갈망으로부터 수 마일』과 『죽은 자들의 원예비밀』의 저자이다. 그의 시는 여러 지면에 발표되었다. 그는 프레즈노의 명예 계관시인 (2015-2017)이며 입양 박물관 프로젝트의 자문위원회에서 기여하고 있다. 그는 캘리포니아 프레즈노에서 살고 있으며 프레즈노 시립대학 그리고 시에라 네바다 대학의 MFA 프로그램에서 가르치고 있다.

Hanna Johansson 김정열

Hanna Sofia Jung Johansson was born in Seoul 1976 and was adopted to Sweden the same year. She grew up on a smaller town in the countryside with a mom and dad and their biological son. She has been active in adoption issues for over 15 years. Hanna is the founder of Swedish Korean Adoptees' Network -SKAN which is working with spreading information about the unwed moms' families' situation in Korea as well as birth family search. She is currently living outside Stockholm, Sweden with her adopted cat, Amalia.

한나 소피아 정 요한슨은 1976년 서울에서 태어나 같은 해 스웨덴으로 입양되었다. 그녀는 어머니, 아버지, 그리고 그들의 친아들과 남매로 작은 시골마을에서 자랐다. 그녀는 입양 문제에 있어서 15년 이상을 활동적으로 관여해왔다. 스웨덴의 한국 입양아 네트워크 SKAN의 창립자이다. SKAN은 입양아들의 친생가족 찾기와 더불어 미혼모가족의 상황에 관련된 정보를 알리는 일을 하고 있다. 현재 그녀는 스웨덴, 스톡홀름 교외에 살고 있다

Stephen Johnson 정은기

Stephen Johnson is a reunited Korean adoptee, activist, and entrepreneur. He studied social work at Baylor University and international development at Eastern University's School of Leadership and Development. He and his partner currently live in Austin, Texas, USA.

스티브 존슨은 가족과 재회한 한국인 입양아이며, 활동가이며, 사업가이다. 베일러대학교에서 사회복지학을, 이스턴대학교의 리더십과 개발교육원에서 국제개발을 공부하였다. 그는 그의 파트너와 현재 미국 텍사스 오스틴에서 살고 있다.

So-yung Hannah Mott 소영

So-yung was born in Corea and raised in the North Georgia Appalachian Mountains. After completing their undergraduate degree in Women's and Gender Studies in the Boston area, they were excited to return back home and work in the South! So-yung is a budding poet, emerging playwright, and educator who loves working with children of all ages as they learn to grow into their own freedom. As a queer transracial, transnational adopted Corean, they are committed to the deepening and sharing of their artwork as tools for community survival, resilience, and joy."

소영은 한국에서 태어나 북부 조지아 애팔래치아 산맥에서 자랐다. 보스턴 지역에서 여성 및 성정체성 학사학위를 마친 후 그들은 집으로 돌아가는 것과 남쪽에서 일하게 된 것에 기뻐했다. 소영은 신예 시인이며, 떠오르는 극작가이며 그들이 자신만의 자유 안에서 자라도록 배울수 있기 때문에 모든 연령의 아이들과 일하는 것을 좋아하는 교육자이다. 국가와 인종을 초월하여 성소수자 가족에 입양된 한국인으로서, 그들은 그들의 예술작품을 커뮤니티 생존과 회복, 즐거움의 도구로서 공유하고 깊이를 주는데 전념하고 있다.

Rachel Rostad 신영은

Rachel Rostad is a writer and public speaker. The recipient of an Academy of American Poets Prize, her work has been featured on Upworthy, Jezebel, and Mic.com. She performs at conferences and readings around the country, including events at the Loft Literary Center, Harvard University, and UC San Diego. She lives in Chungnam province in South Korea.

레이첼 로스타드는 작가이며 대중 연설가이다. 미국 시인 학회로부터의 수상자이며, 그녀의 작품은 업워시, 제저벨, 그리고 마이크.컴에서 특별기고되었다. 그녀는 학술발표회와 로프트 문맹지원 센터, 하버드 대학교, 그리고 캘리포니아대학교 샌디에고 캠퍼스에서의 이벤트를 포함한 다양한 낭송회에서 공연하고 있다. 그녀는 한국의 충남 지역에 살고 있다.

Alicia Soon 조정순

Alicia Soon (Hershey) is a 35 year old Korean-American adoptee. Raised in rural Pennsylvania, she moved to California at the age of 19 to start again. She later earned a degree in Creative Writing from SFSU, met her birth family 25 years later, and moved to Seoul. After 7 years of living, learning and teaching in South Korea, Alicia currently lives and smiles in Barcelona, Cataluña.

알리시아 순(허쉬)는 35세의 한국계 미국인 입양아이다. 펜실베니아 농촌에서 자란 그녀는 새출발을 위해 19세의 나이에 캘리포니아로 이사했다. 그 후 SFSU(샌프란시스코주립대학)에서 문예창작학위를 받았으며 25년 후 그녀의 친가족을 만나 서울로 이사했다. 7년간 한국에서 살고 배우고 가르쳤다. 현재 알리시아는 카탈루냐, 바르셀로나에서 행복하게 살고 있다.

Laura Wachs 김효진

Laura Wachs is a poet/performer born in Seoul, South Korea & raised in Seattle, Washington. She's an event organizer of poetry benefit shows & has supported non profits that work to aid single mothers, Korean adoptees, the LGBTQ community & to give public access to mental health resources. She loves hugs, tattoos & red wine.

로라 웍스는 한국, 서울에서 태어나 워싱턴, 시애틀에서 자란 시인/공연자이다. 그녀는 시 자선공연 이벤트의 주최자이며 미혼모, 한국입양아들, 성소수자 커뮤니티를 돕고 정신건강 자원에 공공적으로 접근할 수 있게 해주는 비영리단체를 지원하고 있다. 그녀는 포옹과 문신, 그리고 레드와인을 좋아한다.

Suzanne Weigl 나명

Suzanne Weigl was born in 1969. She was adopted from Korea to Sweden in 1970. She studied East Asian Studies and Social Anthropology at Stockholm University. She lives with her wife in Stockholm where she works in PR and communications

수산 바이겔은 1969년에 태어났다. 그녀는 한국에서 1970년에 스웨덴으로 입양되었다. 그녀는 스톡홀름대학교에서 동아시아학과 인류학을 배웠다. 그녀의 아내와 스톡홀름에서 살고 있으며 같은 곳에서 홍보와 소통 및 전달 분야에서 일하고 있다.

Sarah Bramani Araldi 성희

Sung Hee Bramani Araldi was born in Korea in 1978 and was adopted by an Italian family when she was a newborn. She majored in classic studies and currently teaches Italian at University. She went back to South Korea in 2012 to reconnect with her birth culture & study Korean. Currently she resides in Italy and is happy.

성희 브라마니 아랄디는 1978년에 한국에서 태어난 직후 이탈리아 가족에게 입양되었다. 그녀는 고전연구를 전공하여 현재 대학에서 이탈리아어를 가르치고 있다. 2012년에 자신이 태어난 나라의 문화와 다시 연결되고 한국어를 배우기 위해 한국으로 돌아갔다. 현재 그녀는 이탈리아에서 행복하게 살고 있다.

Kim, Young Ah 김영아

A 7-year-old daughter, a boyfriend who turned cold at the news of her pregnancy which he should bless. Young Ah delivered a baby even though she lost her job, becoming a single mother, because she was encouraged and helped by her mother. However, the daughter was diagnosed that she has developmental disorder when she was around 3. Young Ah is raising her daughter bravely and brightly, meeting moms in KUMFA.

7살 딸의 엄마다. 축복 받아야 할 임신 소식에 남자 친구는 등을 돌렸다. 미혼모가 되며 직장까지 잃어버렸지만 친정 엄마의 도움으로 용기를 내서 아이를 낳았다. 아이가 세 살 무렵 발달장애 진단을 받았지만, KUMFA 엄마들과 만나며 밝고 씩씩하게 아이를 키우고 있다.

Lee, Gyu Ah 이규아

to remain anonymous.

익명으로 남기를 원함

Jang, Dong Gu 장동구

A 5-year-old son. He is a child that I had when I was 42 which is not young. But, I decided to deliver the baby by myself because I thought this is the last present for my life. When I was raising my child, I still had a lot of desire to learn. So, I searched for classes of one kind or another, and am attending and learning. I am having a fun life with my mischievous son, meeting many moms and exchanging information.

5살 아들. 43살 어리지 않은 나이에 가진 아이지만 내 인생에 마지막 선물이라는 생각에 혼자 아이를 낳기로 결심하고 아이를 기르면서도 배우고자 하는 욕구가 강해 이런저런 강의를 찾아 다니며 열심히 듣고 배우고 있다. 많은 엄마들과 만나며 정보도 주고받고 장난꾸러기 아들과 재밌게 살고 있다.

Kim, Na Rae 김나래

A 5-year-old son. She was working for a great company, running a shopping mall before she delivered a baby. After she got pregnant, she lost her job, and delivered a baby. She was in the program for vocational education which was supported by KUMFA, and trained as a barista. After that, she worked for PAGUS CAFÉ which was run by KUMFA for a year, and she is resting for a while to have more time with her child.

5살 아들의 엄마다. 아이를 낳기 전에는 쇼핑몰을 운영하며 좋은 회사에 다녔지만 임신하면서 직장을 잃었다. 아이를 낳고는 KUMFA에서 지원하는 직업교육 프로그램에 참여해 바리스타 교육을 받았다. KUMFA에서 운영하는 PAGUS CAFE에서 1년동안 근무하다가 아이와 더 많은 시간을 갖기 위해 잠시 쉬고 있다.

Heo, Ryeo Na 허려나

Her daughter is 8 years old. She is a lively daughter who can dance and sing with her mom and does everything enthusiastically. They are a mother and daughter who resemble each other in appearance and personality.

딸은 8살, 뭐든지 열심히 하는 엄마와 춤도 잘 추고 노래도 잘하는 발랄한 딸.
우리는 외모도 성격도 닮은 모녀.

Kim, Do Kyung (Megy Kim) 김도경

An 11-year-old son, Leader of KUMFA. She had a consolation and received strength from Korean Unwed Mothers' Families Association when she was in the toughest time, and wanted to share it with other moms. So she temporarily stopped running a travel agency she had run for a long time, and took the role of the leader of Korean Unwed Mothers' Families Association, and is working as the leader of KUMFA. In 2~3 years, she is planning to go to Europe and South-East Asia with her son as overland travelers.

11살 아들, Leader of KUMFA. 가장 힘들었던 때에 한국미혼모가족협회를 통해 마음의 위안을 얻고 힘을 받은 것을 다른 엄마들과 나누고 싶어서 오랫동안 운영하던 여행사를 잠시 접어두고 한국미혼모가족협회 대표를 맡아 활동하고 있다. 2~3년 내에 아들과 동남아 육로여행과 유럽여행을 계획하고 있다.

Kim, Misun 김미선

Job : Cartoon illustrator, Hobby : Reading book and illustrating. She has a daughter who is in Grade 3 in middle school. She delivered a baby when she was a university student. When her daughter was young, she lived near her mom's school. Friends took care of her daughter, and she raised her daughter cheerfully. Above all, it was the best present that her child could get to have her childhood in the countryside and play surrounded by nature. At the moment, they live in Seoul with the daughter's grandfather, and aunt. Her daughter resembles her mom, so she is great at drawing.

중3 딸, 대학생때 아이를 낳아 아이가 어릴적 엄마 근처에 살며 친구들이 함께 아이를 돌봐주며 즐겁에 아이를 키웠다. 무엇보다 시골에서 아이의 어린시절을 보내며 자연에서 마음껏 뛰어 놀수 있었던 것이 아이에게 가장 큰 선물이라고 생각한다. 지금은 서울에서 아이 할아버지, 이모와 함께 살고 있다. 딸은 엄마들 닮아 그림에 재능이 있다.

Cover illustrator

Amanda Eunha Lovell 아만다 은하 러벨

Amanda has lived in Korea for about ten years and recently finished an MFA at Hongik University for Film, Video and Animation. She also studied Korean traditional painting while at the university, including ink painting and Korean folk art. She has worked at GOA'L and has worked with Koroot and KUMFA for Single Moms' Day conferences at the National Assembly. She is currently continuing to work on a series of short documentary videos about Korean adoptees who have returned to live in Korea.

아만다 은하 러벨은 한국에 10년째 살고 있으며, 최근 홍익대 영상애니메이션학과에서 학사 학위를 받았다. 대학 재학 중 채색화와 민화를 비롯한 한국 전통미술을 함께 공부했다. 입양인 단체 GOAL과 협력해 왔으며, 국회에서 열린 〈미혼모의 날〉 행사를 위해 Koroot 및 KUMFA와 함께 일하기도 했다. 현재 그녀는 한국으로 돌아온 해외 입양인들의 삶에 관한 단편 다큐멘터리 비디오 시리즈를 만들고 있다.

국립중앙도서관 출판예정도서목록(CIP)

어머니나라 : 한국 입양인과 미혼모의 시선집=The motherl
and : an anthology of poems written by Korea adoptees &
Korean unwed mothers / 엮은이: 로라 왁스 ; 옮긴이: 조병
준, 이범. -- 서울 : 토담미디어, 2018
   p. ;   cm

로라 왁스의 한국이름은 "김효진"임
본문은 한국어, 영어, 독일어, 이탈리아어, 스웨덴어가 혼합
수록됨
ISBN 979-11-6249-047-1 03810 : ₩10000

영시[英詩]

841-KDC6
821.92-DDC23   CIP2018023940

The Motherland 어머니나라

초판인쇄 first edition printed _ 2018년 8월 6일

초판발행 first edition released _ 2018년 8월 11일

엮은이 edited by _ 로라 왁스 Laura Wachs

옮긴이 translation by _ 조병준 Joon Jo 이범 Bum Lee

펴낸이 published by_ 홍순창 Hong, Soon Chang

펴낸곳 publisher_ 토담미디어 Todammedia

서울 종로구 돈화문로 94(와룡동) 동원빌딩 302호

#302, Dongwon Bd, 94 Donwhamun Road, Jongno-gu, Seoul

전화 phone 02-2271-3335

팩스 fax 0505-365-7845

출판등록 제2-3835호(2003년 8월 23일)

홈페이지 www.todammedia.com

ISBN 979-11-6249-047-1